내가 사모하는 일에 무슨 끝이 있나요
문태준 시집

문학동네시인선 101 문태준

내가 사모하는 일에 무슨 끝이 있나요

시인의 말

새봄이 앞에 있으니 좋다.
한파를 겪은 생명들에게 그러하듯이.

시가 누군가에게 가서 질문하고 또 구하는 일이 있다면
 새벽의 신성과 벽 같은 고독과 높은 기다림과 꽃의 입맞
춤과
 자애의 넓음과 내일의 약속을 나누는 일이 아닐까 한다.
 우리에게 올 봄도 함께 나누었으면 한다.

다시 첫 마음으로 돌아가서
세계가 연주하는 소리를 듣는다.
아니, 세계는 노동한다.

2018년 1월
문태준

차례

시인의 말   005

1부 외할머니 시 외는 소리

일륜월륜(日輪月輪)—전혁림의 그림에 부쳐   012
언덕   013
어떤 모사   014
외할머니의 시 외는 소리   016
저녁이 올 때   018
1942열차   019
그사이에   020
가을날   021
입석(立石)   022
골짜기   023
가을비 낙숫물   024
나의 쪽으로 새는   025
휴일   026
알람 시계   027
알람 시계 2   028
얼마쯤 시간이 흐른 후에   029

2부 흰 미죽을 떠먹일 때의 그 음성으로

단순한 구조   032
호수   033
사귀게 된 돌   034
여름날의 마지막 바닷가   035
사랑에 관한 어려운 질문   036
우리는 서로에게   038
지금 이곳에 있지 않았다면   039
한 종지의 소금을 대하고서는   040
염소야   041
동시 세 편   042
비양도에서   044
연꽃   045
종이배   046
유연(由緣)―돌무더기   047
유연(由緣) 2―괴석   048
가을날   049

3부 사람들은 꽃나무 아래서 서로의 콩트를
     읽는다

그 위에   052
흰 반석—무산 오현 스님께   053
불안하게 반짝이는 서리처럼   054
연못   055
일일일야(一日一夜)   056
꽃의 비밀   057
섬   058
바다의 모든 것   059
겨울 바다   060
다시 봄이 돌아오니   061
액자   062
여기 도시의 안개   063
병실   064
샘가에서—어머니에게   065
절망에게   066

4부 생화를 받아든 연인의 두 손처럼

어떤 부탁—이상의 집에서   068
단순한 구조 2   069
소낙비   070
새가 다시 울기 시작할 때   071
초여름의 노래   072
석류   073
가을날   074
오솔길   075
나의 잠자리   076
연못과 제비   077
별꽃에게 2   078
작문 노트   079
검은모래해변에서   080
매일의 독백   081
미륵석불   082
산중에 옹달샘이 하나 있어   083

해설 | 숨결의 시, 숨결의 삶   085
　　　 | 이홍섭(시인)

1부
외할머니 시 외는 소리

일륜월륜(日輪月輪)
—전혁림의 그림에 부쳐

아름다운 바퀴가 굴러가는 것을 보았네
내 고운 님의 맑은 눈 같았지
님의 가늘은 손가락에 끼워준 꽃반지 같았지
대지에서 부르던 어머니의 노래 같았지
아름다운 바퀴가 영원히 굴러가는 것을 보았네
꽃, 돌, 물, 산은 아름다운 바퀴라네
이 마음은 아름다운 바퀴라네
해와 달은 내 님의 하늘을 굴러가네

언덕

봄이 오면
언덕에서
언덕으로 간다

언덕에 씨앗을 심고
북을 치고

언덕으로 가서
땅에 깊은 숨을 묻고
또 북을 치고

궂은 날엔
하늘에 대고
긴 나팔을 불고

너와 나
봄이 오면
언덕에
풀어져 살면

언덕도 죽고
언덕도 나고

어떤 묘사

마른 풀잎의
엷은 그림자를
보았다

간소한 선(線)

유리컵에
조르르
물 따르는 소리

일상적인 조용한
숨소리와
석양빛

가늘어져 살짝 뾰족한
그 끝
그 입가

그만해도 좋을
옛 생각들

단조롭게 세운 미래의 계획
저염식 식단

이 모든 것을
모사할 수 있다면

붓을 집어
빛이 그린 그대로
마른 풀잎의
엷은 그림자를
따라 그려보았다

외할머니의 시 외는 소리

내 어릴 적 어느 날 외할머니의 시 외는 소리를 들었습니다

어머니가 노랗게 익은 뭉뚝한 노각을 따서 밭에서 막 돌아오셨을 때였습니다

누나가 빨랫줄에 널어놓은 헐렁하고 지루하고 긴 여름을 걷어 안고 있을 때였습니다

외할머니는 가슴속에서 맑고 푸르게 차오른 천수(泉水)를 떠내셨습니다

불어오는 바람을 등지고 곡식을 까부르듯이 키로 곡식을 까부르듯이 시를 외셨습니다

해마다 봄이면 외할머니의 밭에 자라 오르던 보리순 같은 노래였습니다

나는 외할머니의 시 외는 소리가 울렁출렁하며 마당을 지나 삽작을 나서 뒷산으로 앞개울로 골목으로 하늘로 가는 것을 보았습니다

가만히 눈을 감고 생각해보니 석류꽃이 피어 있었고 뻐꾸기가 울고 있었고 저녁때의 햇빛이 부근에 있었습니다

그런데 외할머니는 시를 절반쯤 외시곤 당신의 등뒤에 낯선 누군가가 얄궂게 우뚝 서 있기라도 했을 때처럼 소스라치시며

남세스러워라, 남세스러워라

당신이 왼 시의 노래를 너른 치마에 주섬주섬 주워 담으시는 것이었습니다

외할머니의 시 외는 소리를 몰래 들은 어머니와 누나와 석
류꽃과 뻐꾸기와 햇빛과 내가 외할머니의 치마에 그만 함
께 폭 싸였습니다

저녁이 올 때

내가 들어서는 여기는
옛 석굴의 내부 같아요

나는 희미해져요
나는 사라져요

나는 풀벌레 무리 속에
나는 모래알, 잎새
나는 이제 구름, 애가(哀歌), 빗방울

산그림자가 물가의 물처럼 움직여요

나무의 한 가지 한 가지에 새들이 앉아 있어요
새들은 나뭇가지를 서로 바꿔가며 날아 앉아요

새들이 날아가도록 허공은 왼쪽을 크게 비워놓았어요

모두가
흐르는 물의 일부가 된 것처럼
서쪽 하늘로 가는 돛배처럼

1942 열차

광양에서 하동 지나 삼랑진 지나 물금 지나 부전 가네 세
량의 객차를 달고 가네 북천 사람은 함안 사람을 부르네 함
안 사람은 마산 사람을 부르네 나발과 꽹과리를 불고 치듯
시끌시끌하게 덜커덩거리며 가네 젖먹이 아이와 젊은 연인
과 축하객이 함께 가네 침침하고 눈매가 가느스름한 김천
출신의 나도 끼여 가네 시냇물에 고무신 미끄러지며 떠내
려가듯 가네 소나기구름 실어나르는 바람의 널빤지 가듯 가
네 연한 버들과 높은 미루나무와 먼 무지개를 싣고 가네 들
판 수로의 깨끗한 물과 무논에 비추어보며 가네 무논에 비
친 푸른 봄산은 일하는 소가 등에 태우고 가네 신록(新綠)
이 가네 보자기를 풀어놓을 시간만큼 조금 조금씩 역마다
연착하면서

그사이에

오늘 감꽃 필 때 만났으니
감꽃 질 때 다시 만나요

그사이에 무슨 일이 있겠어요

감나무 감꽃 목걸이가 다 마르려면
오늘의 초저녁 이틀 나흘 닷새 아니면 열흘 아니면 석 달
아니면 네 철

하나의 물결이 우리를 손으로 어루만지더라도
암벽에 새긴 마애불이 모두 닳아 없어지더라도

가을날

그루터기만 남은 가을 옥수수밭에서
옥수수 그루터기를 캐내다보면 하루가 검고 거칠게 저물
어요
그러나 나는 기억해요
수직으로 자라 내뻗던 옥수숫대 위에 서걱대던 물살을
옥수수의 익살스런 말과 바람의 웃음을

입석(立石)

그이의 뜰에는 돌이 하나 세워져 있었다
나는 그 돌을 한참 마주하곤 했다
돌에는 아무 것도 새긴 게 없었다
돌은 투박하고 늙었다
그러나 웬일인지 나는 그 돌에 매번 설레었다
아침햇살이 새소리와 함께 들어설 때나
바람이 꽃가루와 함께 불어올 때에
돌 위에 표정이 가만하게 생겨나고
신비로운 목소리가 나지막하게 들려왔다
그리하여 푸른 모과가 열린 오늘 저녁에는
그이의 뜰에 두고 가는 무슨 마음이라도 있는 듯이
돌 쪽으로 자꾸만 돌아보고 돌아보는 것이었다

골짜기

오늘 한 사람이 세상을 떠났으니
이 외롭고 깊고 모진 골짜기를 떠나 저 푸른 골짜기로

그는 다시 골짜기에 맑은 샘처럼 생겨나겠지
백일홍을 심고 석등을 세우고 산새를 따라 골안개의 은둔
속으로 들어가겠지
작은 산이 되었다가 더 큰 산이 되겠지
언젠가 그의 산호(山戶)에 들르면
햇밤을 내놓듯
쏟아져 떨어진 별들을 하얀 쟁반 위에 내놓겠지

가을비 낙숫물

홍천사 서선실(西禪室) 층계에
앉아 듣는
가을비 낙숫물 소리

밥 짓는 공양주 보살이
허드렛물로 쓰려고
처마 아래 놓아둔
찌그러진
양동이 하나

숨어 사는 단조로운 쓸쓸한
이 소리가 좋아
텅 빈 양동이처럼 앉아 있으니

컴컴해질 때까지 앉아 있으니

홍곽에 낙숫물이 가득 고여

이제는 나도
허드렛물로 쓰일
한 양동이 가을비 낙숫물

나의 쪽으로 새는

　나의 가늘은 가지 위에 새 두 마리가 와서 울고 있었습 —
니다
　나는 나의 창을 조금 더 열어놓았습니다
　새의 울음은 나의 밥상과 신발과 펼친 책과 갈라진 벽의
틈과 내가 사랑했던 여인의 뺨 위에 눈부시게 떨어져내렸
습니다
　나는 능소화가 핀 것을 보고 있었고 새는 능소화의 웃음
속으로 날아갔습니다
　날아가더니 마른 길을 끌고 오고 돌풍을 몰고 오고 소리를
잃은 아이를 데려오고 가지꽃을 꺾어 오고 그늘을 깎아 오
고 늙은 얼굴과 함께 오고 상여를 메고 왔습니다
　그러나 웬일인지 그것들은 하나의 유원지처럼 환했습니다
　그것들은 하나하나의 고음(高音)이었습니다
　어떻게 그 크고 무거운 것들을 아득한 옛날로부터 물고 오
는지 알 수 없었으나
　그것들과 함께 와서도 나의 가늘은 가지 위에 가만히 올
라앉아 있었습니다
　나의 쪽으로 새는 흔들리는 가늘은 가지를 물결을 밀어 보
내고 있었습니다

휴일

내가 매일 몇 번을 손바닥으로 차근하게 만지는 배와 옆구리
생활은 그처럼 만져진다

구름이며 둥지이며 보조개이며 빵이며 고깃덩어리이며
악몽이며 무덤인

나는 야채를 사러 간다
나는 목욕탕에 간다
나는 자전거를 타러 간다
나는 장례식장에 간다

오전엔 장바구니 속 얌전한 감자들처럼
목욕탕에선 열탕과 냉탕을 오가며
오후엔 석양 쪽으로 바퀴를 굴리며
밤의 눈물을 뭉쳐놓고서

그리고 목이 긴 양말을 벗으며
선풍기를 회전시키며
모래밭처럼 탄식한다

알람 시계

시골 제비는 처마에서 어울려 깨알처럼 재잘거리네
오늘은 늦도록 보슬비 뿌리네

자연은 아득하게 너른 푸른 초지(草地)인 줄 알았더니
자연은 앙상해지네

바람조차 멎었으나
흰 굇바퀴 같은
안뜰에
핀 꽃보다 진 꽃이 많아지네

알람 시계 2

시들어가는 수풀에 갔네
수풀은 열한번째 달의 끝에 있네
나는 마지막 곡을 듣네
수풀은 건자두 같네
볼륨이 낮아요, 라고 나는 말하네
눈 좀 더 떠봐요, 라고 나는 말하네
시간의 불을 켜지 마세요, 라고 수풀은 말하네
나는 알람 시계를 주워 들었네
돌아온 새처럼 날개를 다 사용했군요
밤의 가지 위에 앉으세요
그래요, 여기에 함께 기다려요
나는 알람 시계의 전원을 꺼주었네

얼마쯤 시간이 흐른 후에

고사(古寺)와
흰 마당
낙엽을 비질하는 소리와
마른 나무
빈 가지

이제 우리는 거울 속으로 들어가리
제 거울 속으로 계속 들어가리
탄부(炭夫)가 갱도 속으로 깊게 내려가듯이
석양이 검은 밤에게 가라앉듯이

얼마쯤 시간이 흐른 후에 이 세계는 남으리
밤 바닷가 모래 위로 떠밀려 올라온 하얀 조개껍데기와도
같이

2부
흰 미죽을 떠먹일 때의 그 음성으로

단순한 구조

달이 연못을 밟는다
맑고 깨끗하고 조용한 은막(銀幕) 위를

달빛이, 야생의 흰 코끼리가 연못을 밟는다
온순하고 낙천적인 투명 유리를 깨트리면서

호수

당신의 호수에 무슨 끝이 있나요
내가 사모하는 일에 무슨 끝이 있나요
한 바퀴 또 두 바퀴

호수에는 호숫가로 밀려 스러지는 연약한 잔물결
물위에서 어루만진 미로
이것 아니라면 나는 아무것도 아니에요

사귀게 된 돌

돌을 놓고 본다
초면인 돌을
사흘 걸러 한 번
같은 말을 낮게
반복해
돌 속에 넣어본다
처음으로
오늘에
웃으시네
소금 같은
싸락눈도 흩날리게
조금
돌 속에 넣어본다

여름날의 마지막 바닷가

바닷가는 밀려와 춤추는 파도들로 흥겨워요

나는 모래밭에 당신의 이름과 나의 질문을 묻었어요
나는 모래성을 하나 더 쌓아놓고 바닷새보다 멀리서 올라
올 밀물을 기다려요

모래알에는 보리처럼 뿌린 별이 가득한데
모래알에는 초승의 달빛이 일렁이는데

우린 이 바닷가에서 다시 볼 수 있을까요
우린 이 바닷가에서 다시 알아볼 수 있을까요

사랑에 관한 어려운 질문

너는 내게 이따금 묻네
너와 나의 관계를
그것은 참 어려운 질문

그러면 나는 대답하네
나란히 걸어가면서

나는 너의 뒷모습
나는 네가 키운 밀 싹
너의 바닷가에 핀 해당화

어서 와서 앉으렴
너는 나의 기분 위에 앉은 유쾌한 새

나는 너의 씨앗 속에
나는 너의 화단 속에

나는 너를 보면
너의 얼굴만 떠올리면
산나무 열매를 본 산새처럼 좋아라

그러면 너는 웃네
분수 같은

뒷모습을 보여주면서 —

—

우리는 서로에게

우리는 서로에게
환한 등불
남을 온기
움직이는 별
멀리 가는 날개
여러 계절 가꾼 정원
뿌리에게는 부드러운 토양
풀에게는 풀여치
가을에게는 갈잎
귀엣말처럼 눈송이가 내리는 저녁
서로의 바다에 가장 먼저 일어나는 파도
고통의 구체적인 원인
날마다 석양
너무 큰 외투
우리는 서로에게
절반
그러나 이만큼은 다른 입장

지금 이곳에 있지 않았다면

만일에 내가 지금 이곳에 있지 않았다면
창백한 서류와 무뚝뚝한 물품이 빼곡한 도시의 캐비닛 속
에 있지 않았다면
맑은 날의 가지에서 초록잎처럼 빛날 텐데
집밖을 나서 논두렁길을 따라 이리로 저리로 갈 텐데
흙을 부드럽게 일궈 모종을 할 텐데
천지에 작은 구멍을 얻어 한 철을 살도록 내 목숨도 옮겨
심을 텐데
민들레가 되었다가 박새가 되었다가 구름이 되었다가 비
바람이 되었다가
나는 흙내처럼 평범할 텐데

한 종지의 소금을 대하고서는

그릇에 소금이 반짝이고 있다

추운 겨울 아침에
목전(目前)에
시퍼렇게
흰 빛이
내 오목한 그릇에
소복하게 쌓였으니

밤새 앓고 난 후에
말간 죽을 받은 때처럼

마음속에 새로이 생겨나는 시(詩)를 되뇌듯이
박토(薄土)에 뾰족이 돋은 마늘 촉을 보듯이

염소야

염소야, 네가 시름시름 앓을 때 아버지는 따뜻한 재로 너를 덮어주셨지

나는 네 몸을 덮은 재가 차갑게 식을 때까지 너의 곁을 지켰지

염소야, 새로 돋은 풀잎들은 이처럼 활달한데

새로 돋은 여린 풀잎들이 봄을 다 덮을 듯한데

염소야, 잊지 않고 해마다 가꾼 풀밭을 너에게 다 줄게!

네가 다시 살아 돌아오기만 한다면!

동시 세 편

가을

엄마는 나한테 가랑잎 같은 잔소리를 해요
그래도 나는 엄마에게 쪼그만 가랑잎이 되어요
엄마 무릎 아래
잠이 올 때까지 가랑잎처럼 뒹굴어요

시험 망친 날

운동장을
아무도 없는
심심한 운동장을
신발을 질질 끌며
혼자 갈 때
해바라기들도 오늘은
고개를 푹 숙이고
한 줄로
담장 아래를 걸어간다

얼마나 익었나

할머니는 막 딴 모과에 코를 대보고
아주 잘 익었다, 한다

할머니는 내 머리꼭지에 코를 대보고
아직 멀었다, 하곤 꿀밤을 먹인다

나는 시골 모과보다 못한가보다

비양도에서

아무데나 다 있는 파도의 긴 나팔

톳이 이만큼 자랐듯
먼 뭍으로 흐늘흐늘하며 자라는 뱃고동

빈 소라 껍데기에 넣어 오는
석양
젖은 모래

나앉은 갈매기와
하얀 발등의 해안선

연꽃

산골짜기에서 떠온 물을 너른 대접에 부어놓네
담겨진 물은 낮춰 대접에게 잘 맞추네

나는 일 놓고 연꽃만 바라보네
연꽃의 심장 소리를 들으려고

활짝 핀 꽃 깊고 깊은 곳에
어머니의 음성이 흐르네

흰 미죽(糜粥)을 떠먹일 때의 그 음성으로

산중(山中) 제일 오목한 곳에 앉은 암자(庵子)의 그 모
양대로

종이배

어쩌면 당신에겐 아직 소년의 얼굴이 남아 있습니까 물아
래 맑갛고 조용한 모래들이 서로 반짝이듯이 하십니까

나는 멀리서 와서 당신의 잔잔하고 고운 말을 듣습니다 그
리고 내 종이배에 싣습니다 나의 생일과 어제 꺾은 칡꽃과
나의 걱정과 함께 당신의 깨끗한 시내를

나는 여기저기에 솟은 돌들 사이를 지나갑니다

나는 엉클어진 내 생각들의 사이를 지나갑니다 시작되는
밤을 지나갑니다

오늘밤엔 종이배에 젖니 같은 샛별과 너른 밤하늘이 가
득합니다

나는 당신의 새벽을 지나갑니다 까마귀떼가 검은 빛들이
푸더덕거리며 사방으로 날아 흩어지는 것을 봅니다

당신의 새파란 앞가슴에 새잎 같은 초승달이 앳된 소년이
서 있는 것을 봅니다

나는 동이 트는 당신을 지나갑니다

유연(由緣)
—돌무더기

내 앞에
돌무더기가 있다

농(弄)하는 돌
부르짖는 돌
잠긴 돌

돌무더기는
풀처럼 우거졌다

개개의 돌은
흰 두개골
밑 혹은 위
감정적인 호우
익어가는 달
턱 괸 연못

돌과 돌이
연락하며
쌓여
무너져

유연(由緣) 2
―괴석

산에서 캐온 괴석 속에 괴석이
그 괴석 속에 또 괴석이

괴석 속에는
뒷산 골바람
산(山)아이
산(山)아이의 무지개
우는 부엉이
진 찔레꽃
내 자작시
엉킨 나무뿌리
또 모든 인형(人形)

괴석은 나의 면경(面鏡)

흘러오는 내처럼
긴 예문(例文)

가을날

첩첩의 산에 늦가을이 한창이에요

늦가을은 더 많은 낙엽을 쓸어 모아요

어머니,
이 만산(滿山)이 제 지난 여름날에 내내 자라 오르던,
이제는 아주 시든 오이의 덩굴 같아요

3부
사람들은 꽃나무 아래서 서로의 콩트를 읽는다

그 위에

설레는 물
물의 뿌리에서 자란
새순
위에
푸릇한 꿈
나의 잠
나의 머리 위에
나무
식물원에서 본 종려나무
모든 나무에겐 새가 앉고
새의 울음 위에
조금은 여린 햇살
그 위에
충분한 하늘
그리고
관대한 봄

흰 반석
—무산 오현 스님께

백담사 계곡에서
흰 반석을 보니

한 철에는 물 아래 눈 감고
한 철에는 물 위에 눈 뜨고

쏟아져 흐르는 때에
얼고 마르는 때에

앉아만 있으니

구름은 가버리고
또 생겨나도

고요뿐

흰 뼈만 남은
고요뿐

불안하게 반짝이는 서리처럼

서리 내린 세계는 하얀 미사포를 쓴 채 성당을 나오는 여인 같네

나는 농담을 마른 갈잎 위에 적네, 바스락거리며 당신의 바닥에서 뒹굴도록

오늘 나는 빛에 예민하게 반짝이는 감정의 액세서리를 했네

나의 감정은 초조한 나뭇가지 끝에서 하늘의 절벽으로 쏟아지네

흥분한 분수처럼 위로 솟구치네

불안정한 기류 속을 날아가는 여객기 같네

털실로 짠 옷을 털면 나오는 먼지 같네

저 평화롭고 너그러운, 큰 생각에 잠긴 벌판 쪽으로 데려갈 수는 없나

나의 꿈은 불안하게 반짝이는 서리처럼 잠깐 섰다 사라지네

연못

연못에서 푸르고 넓은 잎사귀가 자라네
흩어질 구름이 나오네
옛 시간의 물뱀이 나오네
잃어버린 메아리가 나오네
연못은 살고
나와도 살아 내 마음에 살고
연못에서 흰 달과 나비가 나오네
연못에서 물안개가 피어오르네
나는 이별한 사람이 다시 그립네
연못에서 굳은 얼음이 나오네
나는 죽은 사람이 다시 그립네
연못은 어제 염려스럽게 말이 없었네
오늘은 감당할 수 없게 격렬하네
연못은 연꽃 꽃봉오리가 가득했네
오늘은 시들고 꺾인 꽃대가 가득하네
연못은 빗방울로부터 초조한 말을 듣네
햇살로부터 빛나는 첫말을 듣네
연못은 맥없이 주저앉아 있네
잔물결 같은 웃음을 떠네
오늘은 늦도록 자네
나는 이 연못에서 나오네

일일일야(一日一夜)

꽃나무는 꽃나무가 그린 화첩을 펼친다
사람들은 하얀 접시에 봄의 급식을 받는다
누구라도 초조하지 않고
누구라도 딸기처럼 안색이 좋다
살랑살랑 바람이 불어가는 공원은 평년 기온을 즐긴다
탄력 있는 덤불 옆에 탄력 있는 덤불이 있고
사람들은 꽃나무 아래서 서로의 콩트를 읽는다
나른하게 낮잠을 즐긴다
낮잠 위로는 또 꽃잎이 날려 꿈을 얇게 덮는다
오, 우리가 이처럼 잠잘 때
우리의 봄꿈은 밤까지 그리고 다시 낮까지
꼬박 하루만 이어졌으면

꽃의 비밀

숨을 쉬려고 꽃은 피어나는 거래요

숨 한 번 쉬어 일어나서 일어나서 미풍이 되려고 피어나
는 거래요

우리가 오카리나를 불던 음악 시간에 꽃들은 더욱 보드랍
게 피어났지요

꽃밭에서 꽃들은 서로에게 조금 더 가까이 가 홍조를 얹고
호흡을 주고받고 서로의 입구가 되었지요

꽃들은 낮밤과 계절을 잊고 사랑하며 계속 피어났지요

섬

깊은 해저에서 새벽하늘이 수면으로 떠올라요
별들은 하나둘 소라껍데기 속에 숨어요

사람들이 각자의 집으로 모두 돌아간 흰 해변엔 파도치
는 푸른 소리뿐

나는 밤새 뒤척이고 다섯 번 마음을 고쳐먹었어요

바다의 모든 것

물고기들의 입이 바다의 입구예요
해초들의 잎이 바다의 입구예요
선창가의 갈매기들이 바다의 출구예요
저 모래밭의 조가비들이 바다의 출구예요

겨울바다

바다 맞은편에 눈 덮인 큰 산이 있고
오늘만큼 바닷빛은 말린 생선의 은비늘 같지만요
그리운 이 찾아 무슨 좋은 기별이라도 가듯이
산 쪽을 향해 바다가 제 몸 밀어 갈 적에는
당신이 웃는 그 모양 그대로
바다의 이는 유난히 희고 튼튼해요

다시 봄이 돌아오니

누군가 언덕에 올라 트럼펫을 길게 부네
사잇길은 달고 나른한 낮잠의 한군데로 들어갔다 나오네
멀리서 종소리가 바람에 실려오네
산속에서 신록이 수줍어하며 웃는 소리를 듣네
봄이 돌아오니 어디에고 산맥이 일어서네
흰 배의 제비는 처마에 날아들고
이웃의 목소리는 흥이 나고 커지네
사람들은 무엇이든 새로이 하려 하네
심지어 여러 갈래 진 나뭇가지도
양옥집 마당의 묵은 화분도

액자

액자 속에
사람들이 늘어서 있다
꼿꼿하게 선 사람은 없다
구부정해지고 한쪽으로 휘었다
피를 쏟고
젖을 물리고
그리하여 갈대밭처럼
신음하는 몸이 되었다
저 몸은
고갯길
쪼그라든 양볼
타는 입술
무너진 치아
홀몸
가을 끝 해바라기
만 리의 근심
행길 위에
사람들이 늘어서 있고
뭉개진 얼굴들이
액자 속에서 흘러내린다
잎사귀 지듯이

여기 도시의 안개

안개가 비닐처럼 길게 늘어져 있다

오늘 흔해빠진 안개는
누렇게 오염된 이 몸은
퀴퀴한 냄새가 나는 이 몸은
눈이 어디에 붙어 있는지 알 수 없는 이 몸은
신원 미상의 이 몸은
몽상의 이 몸은
방탕한 악신(惡神)인 이 몸은

하수구 맨홀 위에 앉아 있더니
폐수와 함께 일그러지며
내 몸속으로 흘러들어온다

병실

그곳에서 나오세요
당신의 붉은 피를 뽑지 마세요
기침은 곧 멎을 거예요
안색은 햇살처럼 화사해질 거예요
매일 아침 꽃바구니를 보낼게요
고음(高音)으로 핀 튤립과 장미를 보낼게요
꽃들이 당신을 돌볼 거예요
할머니는 그만 잊으세요
복수가 차 부푼 할머니의 배를
손으로 쓸어 어루만져주고 계셨지요
물이 연못을 살살 돌보듯이
그 할머니는 카나리아가 되었을 거예요
아름다운 정원에 살고 있을 거예요
어머니, 이제 병실에서 나오세요
당신의 맥박을 재지 마세요
열은 곧 떨어질 거예요
침대 위 창백한 시트를 걷어버리세요
몇 알 남은 귤을 놓아두고 작별 인사를 나누세요
그릇과 수저처럼 닳은 어머니
나의 밤에 초승달 같은 어머니

샘가에서
—어머니에게

고서(古書)같이
어두컴컴한
어머니

샘가에 가요
푸른 모과 같은
물이 있는
샘가에 가요

작은 나뭇잎으로
물을 떠요

다시
나를 입어요
당신에게
차오르도록

절망에게

당신은 허리춤에 요란한 바람과 자욱한 안개를 넣어두
었네
내부는 깊은 계곡처럼 매우 신비롭네
외출을 앞둔 당신은 헝클어진 긴 머리카락을 거울 앞에
서 큰 빗으로 오래 빗어내리네, 장마처럼 저음으로 중얼거
리면서
당신은 여름밤의 무수한 별들을 흩어버리네
촛불을 마지막까지 불태워버리네
밤마다 우리를 눈 감을 수 없게 하네
당신은 연륜 있는 의사들을 좌절시키네
지혜의 눈에 검은 안대를 씌우네
그러나 아이들의 꿈인 사과를 떨어뜨리지는 못하리

당신의 고백을 나는 기다리네
허공이 쏟아지기를 기다리는 절벽처럼
꽃을 기다리는 화병처럼

4부
생화를 받아든 연인의 두 손처럼

어떤 부탁
—이상의 집에서

나를 창가에 놓아다오
화분이 그러하듯이 나로부터 뭔가 나오고 계속 자라게
요 위의 헐렁한 늦잠과 복잡한 감정과 액즙 같은 불안과
흐린 날과 반복되는 너울과 십육방위와 도망과 절벽과 이
모든 것의 높이 위에 한 잎 또 그 위에 한 잎
마지막날에는 석양을 따라가게 서쪽 창가에 놓아다오

단순한 구조 2

연못에는 오리가 헤엄치고
도는 오리들 사이에 수련이 피어나네

하늘은 물에 비쳐 연못에 넘칠 듯이

하늘에 막 바람이 불어가는지
연못에 비친 하늘에서
뱀 껍질 같은 잔물결이 일어나네

소낙비

앓는 나를 들쳐업고 뛰던 어머니처럼 소낙비는 뛰네

곧 떨어질 것 같은 꽃모가지를 업고 뛰던 내 어머니처럼
소낙비는 뛰네

내 뜨거운 혈관의 맥박인 어머니처럼 소낙비는 뛰네

어머니는 잎 위에서 뛰네

어머니는 돌 속의 돌꽃처럼 뛰네

새가 다시 울기 시작할 때

날이 화창해지고
삼나무 숲에서 새가 다시 운다
내가 무거운 물이라면
이것은 물비늘 같은 음(音)
내가 옹색한 구렁이라면
이것은 빛의 쾌적한 시야(視野)
새는 타고난 목소리로
고유한 화법으로 말을 한다
나는 말뜻을 알아들을 수 없지만
감정을 짐작할 수는 있다
새는 말끝을 높게 올리거나
옆으로 늘이며 말을 한다
그리고 이상한 일이 일어난다
새가 다시 울기 시작할 때
국지성 호우를 만난 여름도
그늘의 풀도
나도
생화(生花)를 받아든 연인의 두 손처럼
낙담을 잊는다

초여름의 노래

오늘은 만물이 초여름 속에 있다
초여름의 미풍이 지나간다
햇살은 초여름을 나눠준다
나는 셔츠 차림으로 미풍을 따라간다
미풍은 수양버들에게 가서 그녀를 웃게 한다
미풍은 풀밭의 염소에게 가서 그녀를 웃게 한다
살구나무 아래엔 노랗고 신 초여름이 몇 알 떨어져 있고
작은 연못은 고요한 수면처럼 눈을 감고 초여름을 음미
한다
초여름은 변성기의 소년처럼 자란다
하늘은 나무의 그늘을 펼치고
하늘은 잠자리의 날개를 펼친다
잠자리는 산 쪽으로 날아간다
나는 잠자리의 리듬을 또 따라간다
초여름 속에서 너의 이름을 부르니
너는 메아리가 되어
점점 깊어지는 내 골짜기에 산다

석류

윗옷 단추를 끄르듯
웃음이
웃음의 앞자락을 헤치며

석류는 툭 터졌네
넘어진 화병처럼

언제라도
비탄이 없는
악보

속깊은 가을의
정교한 건축

붉은 잇몸의 빛
알알이
조용한 시간의 카펫 위에
흩어지네

가을날

귀뚜라미 소리가 노란 산국 담겼던 빈 바구니에 밤새 가득합니다
내일 낮엔 더 짙어진 산국을 따 담겠습니다

오솔길

오솔길을 걸어가며 보았네
새로 돋아난 여린 잎사귀 사이로 고운 새소리가 불어오
는 것을
오솔길을 걸어가며 보았네
햇살 아래 나뭇잎 그림자가 묵화를 친 것처럼 뚜렷하게
막 생겨나는 것을
오솔길을 걸어가 끝에서 보았네
조그마한 샘이 있고 샘물이 두근거리며 계속 솟아나오
는 것을
뒤섞이는 수풀 속에서도 이 오솔길이 사라지지 않는 이유
를 알 수 있었네

나의 잠자리

백일홍이 핀 붉은 그늘 사잇길에
참매미들이 번갈아 우는 비좁은 사잇길에

멱감던 내 일곱 살의 잔잔한 시내 위에

나를 돌보던 이의 혼이 오늘 다시 오신 듯이
투명한 날개를 가만히 엷은 미소처럼 펼쳐

풀밭과 나와 울타리와 찌는 하늘을 돌고 돌아

엄마의 자장가 속으로 나의 잠이 들어가듯이
노오란 해바라기 속으로 아득히 사라져가네

연못과 제비

제비가 초여름의 연못 위를 날고 있네

제비는 나른한 수면을 위아래로 흔들어 깨우네

연못의 수면은 큰 입을 가졌고, 하품을 하고, 원피스를 입었지

제비는 수면 위를 낮게 날며 뭔가를 꺼내가려 하네

연못에는 손거울, 노란 해바라기, 조용함과 친절함, 하모니카, 달, 옛사랑이 있다네

투명한 빛이 연못을 들여다보고 있네

초여름이 비행선처럼 떠서 연못을 지나가네

별꽃에게 2

따라붙는 동생을 저만치 떼어놓을 때
우는 내 동생의 맑은 눈물이 또르륵 굴러떨어져 피어난
꽃아

작문 노트

꿍지깃이 고운 새가 원고지에 내려앉는다
잘게 부스러진 글자를 쪼고 있다
나와 사월 사이 바람이 한들거린다
골격이 없는 남풍은 페이지에 숨는다
남풍은 나의 문장을 어루만진다
너의 부드러운 얼굴을 그려놓는다
작별의 눈물에 얼굴은 풀어진다
반복되는 질문과 습한 우울은 생겨난다
노트는 가랑잎처럼 다시 마른다

검은모래해변에서

겨울 바다에 오니
몸살이 난 듯
나는 내가 숨차다

파도는 나를 넘어간다
게으르고 느른한 나를

들판보다 거대한 파도는
전면적으로
나를 허물어뜨리고

나는 해변에 나를 펼쳐놓고
모래의 내면을 펼쳐놓고

여러 해가 되었군
격랑 아래 내면을 펼쳐놓은 지

해풍은 저 멀리서
매섭게 또 눈 뜨고

파도는 들고양이처럼
흰 이마를 길게 할퀸다

매일의 독백

나를 꺼내줘 단호한 틀과 상자로부터 탁상시계로부터 굳어버린 과거로부터 검은 관에서 끄집어내줘 신분증과 옷으로부터

흐르는 물속에 암자의 풍경 소리 속에 밤의 달무리 속에 자라는 식물 속에 그날그날의 구름 속에 저 가랑비와 실바람 속에 당신의 감탄사 속에 넣어줘

나를 다음 생(生)에 놓아줘 서른세 개의 하늘에 풀어놓아줘

미륵 석불

나는 당신을 기다려요
산나물과 나무 열매를 얻으러 산속으로 간 당신을 기다
려요
금방 돌아오마고 아랫마을로 간 당신을 기다려요
산들바람이 내게 불어오는 것을 보고도 나는 당신이 올
줄을 알아요
떠났던 자리로 당신이 다시 올 줄을 알아요
큰 산 아래 작은 언덕은 홀로 앉아 길을 내려다보고 있
어요
당신은 저녁보다 한 발 앞서 오세요
개밥바라기보다 먼저 능선을 넘어 오세요
밤의 검은 암벽을 지나 오세요
어제의 오해가 다 풀리지 않았더라도 새벽이 오는 것처럼
제 앞 아니더라도 어디에든 당신은 돌아오세요

산중에 옹달샘이 하나 있어

이만한 물항아리를 하나 놓아두려네
생활이 촉촉하고 그윽하도록

산은 지금 보드라운 신록의 계절
신록에는 푸르고 눈부신 예언의 말씀

산에 든 내 눈동자에는
물의 흥겨운 원무(圓舞)

물항아리를 조심해서 안고 집으로 돌아가네

숨결의 시, 숨결의 삶 —

이홍섭(시인)

문태준의 시를 읽을 때는 마치 숨결을 엿듣듯, 숨결을 느끼듯 해야 한다. 그렇게 하지 않으면, 그의 시는 모래알처럼 스르르 손가락 사이로 빠져나가버리거나 새털구름처럼 허공에 흩어져버리고 만다. 그의 시는 어린아이의 숨결, 어머니의 숨결, 사랑하는 연인의 숨결처럼 맑고 온유하며 보드라운 세계로 열려 있기 때문이다.

사전에서 '숨결'은, "숨을 쉴 때의 상태. 또는 숨의 속도나 높낮이"이면서 동시에 "사물 현상의 어떤 기운이나 느낌을 생명체에 비유하여 이르는 말"로 정의된다. 숨결은, 숨결의 만남은 생명의 원초성에 살을 맞대는 일이자, 저 깊은 곳에서 사랑과 생명을 확인하는 일이다.

시인은 「꽃의 비밀」에서 이를 "서로에게 조금 더 가까이 가 홍조를 얹고 호흡을 주고받고 서로의 입구"가 되는 것으로 비유한다. 시인은 이 시의 초입에서 "숨을 쉬려고 꽃은 피어나는 거래요"라고 나직이 말을 건넨 뒤 "꽃들은 낮밤과 계절을 잊고 사랑하며 계속 피어났지요"라고 끝을 맺는다. 시인이 들려주는 숨결의 교유(交遊)와 사랑으로의 전이는 이처럼 낮고도 깊어서 에로틱하기까지 하다.

문태준의 시는 우리가, 우리의 삶이 이 '숨결'의 원형으로부터 너무 멀리 왔다고 말한다. 시인은 우리의 번뇌와 고통이 어린아이와 어머니와 연인의 숨결을 잃어버리고, 숨결이 지닌 생명과 사랑의 고귀함을 상실한 때문이 아닐까라고 되묻는다.

염소야, 네가 시름시름 앓을 때 아버지는 따뜻한 재로
너를 덮어주셨지
나는 네 몸을 덮은 재가 차갑게 식을 때까지 너의 곁을
지켰지
염소야, 새로 돋은 풀잎들은 이처럼 활달한데
새로 돋은 여린 풀잎들이 봄을 다 덮을 듯한데
염소야, 잊지 않고 해마다 가꾼 풀밭을 너에게 다 줄게!
네가 다시 살아 돌아오기만 한다면!

　　　　　　　　　　　　　　　　　　—「염소야」 전문

　어릴 때의 경험을 바탕으로 한 이 시는 특별한 시적 표현
이나 빛나는 구성 요소들이 없음에도 불구하고 가슴을 먹
먹하게 하는 힘이 있다. "말아, 다락 같은 말아"로 시작되
는 정지용의 동시 「말(馬)」을 연상시키는 이 작품은, 뭇 생
명이 겪어야 하는 생사의 고통을 바라보는 동심의 처연함이
읽는 이의 가슴을 저미게 만든다.
　어린아이의 숨결에 가까이 가고자 하는 시인의 열망은 동
시풍으로 이루어진 여러 편의 시를 낳고, 아예 세 편의 동시
를 묶어 선보이는 데까지 나아간다. 「동시 세 편」이란 제목
으로 묶인 이 세 편의 동시들 중 두 편은 어머니, 할머니와
의 추억을 각각 그리고 있다. 시인에게 어린아이의 숨결이
드러내는 세계는 위의 인용 시에서처럼 아버지를 회억하거

나, 동시에서처럼 어머니, 할머니와의 추억 속에 존재한다. 그 세계는 "엄마 무릎 아래/ 잠이 올 때까지 가랑잎처럼 뒹굴어요."(「동시 세 편-가을」)라는 표현에서 알 수 있듯이 맑고, 온유하고, 보드라운 세계이다.

이러한 어린아이의 숨결은 어머니의 숨결에 닿아 있다. 하여, 동심과 모성은 같은 숨결이다. 시인은 연꽃을 통해 이 숨결의 아름다움을 펼쳐 보인다.

산골짜기에서 떠온 물을 너른 대접에 부어놓네
담겨진 물은 낮춰 대접에게 잘 맞추네

나는 일 놓고 연꽃만 바라보네
연꽃의 심장 소리를 들으려고

활짝 핀 꽃 깊고 깊은 곳에
어머니의 음성이 흐르네

흰 미죽(麋粥)을 떠먹일 때의 그 음성으로

산중(山中) 제일 오목한 곳에 앉은 암자(庵子)의 그 모양대로
—「연꽃」 전문

시인은 연꽃의 심장 소리를 들으려고 귀기울이다 깊고 깊은 곳에 흐르는 어머니의 음성을 듣는다. 그 음성은 어린 날 흰 미죽을 떠먹일 때의 그 음성이다. 미죽은 미음이나 죽을 가리키는 말로, 어릴 때이거나 아플 때를 떠올리게 만든다. 이 미죽에는 애틋함, 간절함, 따뜻함 등의 감각이 배어 있다. 이 시에서는 이 같은 감각이 형상을 얻어 "산중(山中) 제일 오목한 곳에 앉은 암자(庵子)"를 낳는다.

이 시의 또다른 맛은, 시각이 청각으로 청각이 다시 미각과 결합하여 시각으로 전환되는 감각적 이미지의 다채로운 변주와 풍요로움에서 느껴볼 수 있다. 시인은 자신이 꿈꾸는 숨결에 다가서기 위해 자세를 낮추고, 모든 감각을 섬세하게 열어놓는다. 위의 시는 이러한 시쓰기의 자세가 시의 완성도를 최대치로 끌어올린 좋은 예라 할 수 있다.

시인이 숨결의 원형에 다가서면서 시와 삶의 생명과 사랑을 회복하고자 하는 열망을 가장 적극적으로 드러내는 때는 '돌'을 소재로 삼을 때이다.

그이의 뜰에는 돌이 하나 세워져 있었다
나는 그 돌을 한참 마주하곤 했다
돌에는 아무것도 새긴 게 없었다
돌은 투박하고 늙었다
그러나 웬일인지 나는 그 돌에 매번 설레었다
아침 햇살이 새소리와 함께 들어설 때나

바람이 꽃가루와 함께 불어올 때에
돌 위에 표정이 가만하게 생겨나고
신비로운 목소리가 나지막하게 들려왔다
그리하여 푸른 모과가 열린 오늘 저녁에는
그이의 뜰에 두고 가는 무슨 마음이라도 있는 듯이
돌 쪽으로 자꾸만 돌아보고 돌아보는 것이었다
　　　　　　　　　　　—「입석(立石)」 전문

　이 시에서 그이와 나 사이에는 세워져 있는 돌이 하나 있
다. 그 돌에는 아무 것도 새긴 게 없고, 모습 또한 투박하고
늙었지만 화자는 그 돌에 매번 설렌다. 이 설렘은 마침내 돌
의 표정이 생겨나게 하고, 신비로운 목소리가 들려오게 한
다. 그리하여 마침내 돌은 "마음"으로 전치되어 그이와 나
사이에 놓이고, 자꾸만 돌아보게 되는 그리움이 생겨나게
된다. 立石이 '서 있는 돌'이라는 명사적 의미보다, '돌을
세우다'라는 동사적 의미로 읽히는 것은 바로 이 때문이다.
　시인은 여러 편의 시에서 무정물인 돌을 피가 도는 유정물
로 변화시킨다. 시인이 "초면인 돌을/ 사흘 걸러 한 번/ 같
은 말을 낮게/ 반복해/ 돌 속에 넣어본다"(「사귀게 된 돌」)
와 같은 행위를 거듭하는 것은, 이러한 변화를 통해 숨결의
원초성과 그 시원(始原)에 가닿고자 하기 때문이다.
　시인은 이전 시집 『먼 곳』(창비, 2012)에서도 돌을 노래
한 시를 선보인 적이 있는데, 그때의 제목은 「돌과의 사귐」

이었다. 이 '돌과의 사귐'은 이번 시집에 이르러 '사귀게 된 돌'로 바뀌었다. 앞의 시가 사귐을 향한 시인의 시도와 의지에 기대 있다면, 뒤의 시는 사귐의 성취와 그 결과를 노래하는 것에 맞춰져 있다.

시인은 앞의 시 「돌과의 사귐」에서 "냇가에 앉아/ 젖은 몸을 말릴 때 보았던 돌/ 내 사는 예까지 찾아온 돌/ 후일에는 물속에 깊이 잠길 돌"이라 노래했다. 돌과 나는 각자의 대상으로 존재하고 있으며, 나는 돌을 바라보는 존재에 머문다. 물론 시인이 마지막에 이르러 "소낙비 내리고 눈보라 치는 날/ 발아래서 주워올려/ 가만히 꼭 쥐고만 있을 돌"이라고 노래했지만 그것은 어디까지나 미래의 이야기이다. 그리고 "가만히 꼭 쥐고만 있을 돌"이라는 표현에서도 알 수 있듯이, 나와 돌은 여전히 서로에게 객체로서 머문다. 이에 반해 「사귀게 된 돌」에 등장하는 돌은 나의 적극적인 행동으로 인해 활유된, 의인화된 돌이다. "처음으로/ 오늘에/ 웃으시네"라는 것은 나의 적극적인 행동에 의해 이루어진 결과이다.

무정물에 호흡을 불어넣어 유정물화 하는 활유법은 시인이 즐겨 쓰는 수사법인데, 이번 시집에서는 그것이 '돌'에 집중되어 있다는 특징이 있다. 그는 돌무더기를 보며 "돌과 돌이/ 연락하며/ 쌓여/ 무너져"(「유연(由緣)―돌무더기」)가는 것을 읽어내기도 하고, 괴석을 보며 "흘러오는 내처럼/ 긴 예문(例文)"(「유연(由緣) 2―괴석」)을 읽어내기도 한다.

　제목으로 쓰인 '유연(由緣)'은 불교에서 인연(因緣)과 동의어로 쓰이는데 널리 쓰이는 말은 아니다. 오히려 시인이 쓰고 있는 유연이란 말은, "일의 까닭이나 이유, 처음으로 시작되다"는 뜻을 지닌 '연유(緣由)'의 앞뒤 음절을 바꾸어놓은 것에 가깝다. '유연'이라고 쓰면, 뒤 음절 '연'이 강조되어 '말미암다'라는 뜻의 앞의 음절 '유(由)'가 연을 설명하는 구조가 된다. 시인은 연, 혹은 인연을 어떤 과정의 결과물로 노래하고자 앞뒤의 음절을 도치시켜놓은 것이다.

　돌무더기에서 돌들은 각자 다양한 모습, 다채로운 감정을 지닌 채 "풀처럼 우거졌다". 이 돌들은 각자 다르다. 시인은 이를 "흰 두개골"에 비유하기도 하고, "밑 혹은 위"라는 공간 감각으로 표현하기도 하고, 호우, 달, 연못 등의 자연물에 비유하기도 한다. 그러나 마지막에 이르러 "돌과 돌이/ 연락하며/ 쌓여/ 무너져"(「유연(由緣)─돌무더기」)라며 다소 무심한 어조와 건조한 비유로 갈무리한다. 이 태도와 표현 속에는 유연은 있되, 성주괴공(成住壞空)은 벗어나지 못한다는 불교적 세계관이 배어 있다. 불교에서는 우주가 시간적으로 무한하여 무시무종(無始無終)인 가운데 성주괴공의 변화를 거듭한다고 말한다. 시인이 괴석을 들여다보며 이모저모 여러 모습과 소리를 떠올리다가 "괴석은 나의 면경(面鏡)"이라고 노래하는 것은, 나라는 존재가 숱한 인연의 결과물임을 깨달았기 때문이다. 하여, "흘러오는 내처럼/ 긴 예문(例文)"이란, '유연'이란 말의 시적 표현에 다름 아니라는 것을 알 수 있다.

위의 두 연작을 연결해 읽으면 우리는 각자 유연의 결과물인 괴석이고, 돌무더기 속에서 "연락하며/ 쌓여/ 무너져"가며 살아가는 존재들이다. 이처럼 시인에게 '돌'은 내 존재의 기원과 현재를 물어보는 존재론적인 질문의 대상이다. 돌의 숨결에 내 숨결을 맞대는 것은 그만큼 내 존재의 시원을 알고자 하는 열망과 절실함이 크기 때문이다. 그것은 무의미하고 절망스러운 현실을, 덧없는 일상을 견뎌내기 위한 몸짓이기도 하다. 시인의 몸짓과 독백은 절규에 가깝다.

    나를 꺼내줘 단호한 틀과 상자로부터 탁상시계로부터
굳어버린 과거로부터 검은 관에서 끄집어내줘 신분증과
옷으로부터

    흐르는 물속에 암자의 풍경 소리 속에 밤의 달무리 속에
자라는 식물 속에 그날그날의 구름 속에 저 가랑비와 실
바람 속에 당신의 감탄사 속에 넣어줘

    나를 다음 생(生)에 놓아줘 서른세 개의 하늘에 풀어
놓아줘
                                        ─「매일의 독백」 전문

이 시에서 1연과 2연은 선명하게 대비된다. 1연에는 시인을 고통스럽게 하는 것들의 목록이, 2연에는 시인이 꿈꾸는 세계의 목록이 나열되어 있다. 단호한 틀과 상자, 탁상시계, 신분증, 옷 등은 세속의 일상을 옥죄는 목록들이다. "굳어버린 과거"는 관습과 관념, 편견 등을 아우르는 표현이다. 2연은 이러한 일상과 관습에서 벗어난 것들의 목록이 제시된다. 흐르는 물속, 암자의 풍경 소리, 밤의 달무리, 자라는 식물, 그날그날의 구름, 가랑비와 실바람 등은 자연 속에서 얻은 목록이다. 이들은 자유롭고, 맑고, 부드럽고, 자연스럽다는 공통점을 지니고 있다. 시인은 여기에 "당신의 감탄사"를 추가하여, 이 모든 것들이 '감탄사' 속으로 수렴되도록 했다. 순간, 1연과 2연은 감탄의 유무로 확연히 갈라지게 된다. 그만큼 일상이 감탄 없이 무미건조하게 흘러감을 암시한다.

3연은 '절규'에 가깝다. 다음 생에 놓아달라는 이 절규 속에는 이번 생에 대한 기대를 접는, 비극적 세계관이 깔려 있다. "서른세 개의 하늘"은 불교에서 제시하는 우주관이다. 시인이 이곳에다 자신을 풀어달라고 호소하는 것은, 사바세계에서의 번뇌와 고통이 그만큼 크기 때문이다. 서른세 개의 하늘에서는 하루낮 하룻밤이 인간의 백 년에 해당하고, 수명은 천 살에 이른다. 번뇌가 완전히 소멸한 것은 아니지만, 인간세계처럼 복잡하거나 심각하지 않다. 시인이 1연에서 나열한 고통의 목록들이 여기에는 없다.

위의 시는, 자신의 고통을 직접적으로 드러내고 절규에
가깝게 토로했다는 점에서 낮은 톤으로 전개되는 이번 시집
에서는 지극히 예외적인 작품이라 할 수 있다. 그러나 시인
이 직접적으로 드러내지는 않았지만, 이번 시집의 저변에는
고통과 절망이 들끓는 비극적 세계관이 짙게 깔려 있다. 시
인은 「여기 도시의 안개」에서 "누렇게 오염된" "방탕한 악
신(惡神)인" 안개가 "폐수와 함께 일그러지며/ 내 몸속으로
흘러들어온다"라고 쓰고 있을 정도이다.

그 누구보다 지금 여기의 삶을 긍정하고, 때로는 낙천적으
로 이 세계의 희망을 노래했던 시인은 이제 매일 고통의 목
록을 짜고 "만일에 지금 이곳에 있지 않았다면"(「지금 이곳
에 있지 않았다면」)이라고 탄식한다. 무엇이 시인에게 "촛
불을 마지막까지 불태워"버리게 하고 "밤마다 우리를 눈 감
을 수 없게"(「절망에게」)만들었을까.

　만일에 내가 지금 이곳에 있지 않았다면
　창백한 서류와 무뚝뚝한 물품이 빼곡한 도시의 캐비닛
속에 있지 않았다면
　맑은 날의 가지에서 초록잎처럼 빛날 텐데
　집 밖을 나서 논두렁길을 따라 이리로 저리로 갈 텐데
　흙을 부드럽게 일궈 모종을 할 텐데
　천지에 작은 구멍을 얻어 한 철을 살도록 내 목숨도 옮
겨 심을 텐데

민들레가 되었다가 박새가 되었다가 구름이 되었다가
비바람이 되었다가
　나는 흙내처럼 평범할 텐데
　　　　　　　—「지금 이곳에 있지 않았다면」 전문

　시인은 자신이 몸담고 있는 세계를 "창백한 서류와 무뚝
뚝한 물품이 빼곡한 도시의 캐비닛 속"으로 정의한다. 그가
일상에서 만나는 근대 자본주의 세계는 창백하고 무뚝뚝한
얼굴을 지녔다. 그는 이 세계와는 정 반대편에 있는 세계를
꿈꾼다. 그 세계는 자연과 인간이 조화를 이루며 살아가는,
"맑은 날의 가지에서 초록잎처럼 빛"나는 세계이다.

　시인은 이전 시집들에서도 우리가 지나온, 그리고 잃어버
린 이 세계의 아름다움에 빛나는 가치를 부여해왔다. 이 작
품은 시인의 이전 시들과 궤를 같이 하고 있지만, 그 상실감
과 탄식의 정도는 더욱 깊어졌음을 보여준다.

　시인은 여러 편의 시에서 창백하고 무뚝뚝한 얼굴을 지
닌 "지금 이곳"에서의 일상을 마치 '자화상'을 스케치하
듯 그려낸다. 그는 휴일에 "목이 긴 양말을 벗으며/ 선풍
기를 회전시키며/ 모래밭처럼 탄식"(「휴일」)하고, 이상의
집에서는 "요 위의 헐렁한 늦잠과 복잡한 감정과 액즙 같
은 불안과 흐린 날과 반복되는 너울과 십육방위와 도망과
절벽"(「어떤 부탁—이상의 집에서」)을 공유한다. 이 탄식
과 권태는 이상이 일찍이 온몸으로 노래한 것이다. 그러나

이상의 권태는 서울 출신의 전형적인 모던 보이가 감각적으로, 생래적으로 받아들이는 권태라는 점에서 문태준의 권태와는 궤를 달리한다. 문태준의 권태는 전형적인 농촌 출신이 서울이라는 근대 문명의 한가운데에서 체험을 통해 탄식하듯 내뱉는 권태에 가깝다.

시인이 이상의 집에서 "나를 창가에 놓아다오/ 화분이 그러하듯이 나로부터 뭔가 계속 자라게"라고 노래하는 것은, 비록 자신의 권태가 이상의 그것과 그 성질을 달리하지만 권태의 밑바닥, 권태가 가져오는 무기력을 이상을 통해 느꼈기 때문일 것이다. 시인은 이 권태를 견디기 위해, 혹은 이겨내기 위해 곳곳에서 시간과의 싸움을 벌인다.

시골 제비는 처마에서 어울려 깨알처럼 재잘거리네
오늘은 늦도록 보슬비 뿌리네

자연은 아득하게 너른 푸른 초지(草地)인 줄 알았더니
자연은 앙상해지네

바람조차 멎었으나
흰 굇바퀴 같은
안뜰에
핀 꽃보다 진 꽃이 많아지네

—「알람 시계」 전문

이 시의 공간적 배경은 시골이고, 시간적 배경은 보슬비 내리는 저녁 무렵이다. 시인은 이 배경 속에서 돌연하게 앙상해지는 자연의 모습을 '발견'한다. "핀 꽃보다 진 꽃이 많아지네"라는 구절은, 이 앙상함의 발견을 확인해주는 표현에 가깝다. 시인은 이 시에 '알람 시계'라는 제목을 붙임으로써, 이 시가 시간에 대한 사유를 담고 있음을 드러낸다.

'알람 시계'는 지정된 시간에 소리가 울리는 시계를 말한다. 이 지정된 시간은 자연도 예외가 아니다. "자연은 아득하게 너른 푸른 초지(草地)인 줄 알았더니"라는 구절은, 이 세계에서 자연만은 시간의 제약을 초월하여 불멸할 줄 알았는데 그게 아니었다는 인식을 담고 있다. 〈알람 시계 2〉가 "시들어가는 수풀"을 공간적 배경으로, "열한번째 달의 끝"을 시간적 배경으로 하는 것도 이 때문이다. 이 시에서 내가 "눈 좀 더 떠봐요"라고 말하자, 수풀은 "시간의 불을 켜지 마세요"라고 말한다. '시간의 불'을 켜는 것은, 시간의 제약을 벗어나지 못하는 모든 존재에게 고통으로 다가오기 때문이다.

고사(古寺)와
흰 마당
낙엽을 비질하는 소리와
마른 나무

빈 가지

이제 우리는 거울 속으로 들어가리
제 거울 속으로 계속 들어가리
탄부(炭夫)가 갱도 속으로 깊게 내려가듯이
석양이 검은 밤에게 가라앉듯이

얼마쯤 시간이 흐른 후에 이 세계는 남으리
　밤 바닷가 모래 위로 떠밀려 올라온 하얀 조개껍데기
와도 같이

　　　　　　—「얼마쯤 시간이 흐른 후에」전문

　시인은 1연에서 낡아가고, 비어가는 것들을 제시한다. 그
리고 이어진 2연에서 "우리는 거울 속으로 들어가리"라고
얘기한다. "이제"라는 표현은, 낡고 비어지면 거울 속으로
들어가게 된다는 것을 강조한다. "제 거울"이란 앞서 인용
한「유연(由緣) 2 — 괴석」의 한 구절 "괴석은 나의 면경(面
鏡)"에 등장하는 "면경"과 같은 의미를 담고 있다. 시인에
따르면, 우리는 낡고 비어지면 나의 본 모습, 나의 실체 속
으로 깊이 들어간다. 그러나 시인은 마지막 연에서 그 이후
에 남는 세계를 "밤 바닷가 모래 위로 떠밀려 올라온 하얀
조개껍데기"에 비유함으로써 그것 또한 실체가 없다는 사
유를 드러낸다. 실체가 없는 것이 실체라는 것. 이는 비극적

세계관의 소산으로도 볼 수 있고, 불교에서 말하는 공(空)의 체화로도 이해할 수 있다.

실제 이 작품은 선불교의 유명한 공안인 '체로금풍(體露金風)'을 떠올리게 한다. 『벽암록』 27칙에 나오는 이 공안은 운문선사의 말에서 나왔다. 어떤 스님이 운문선사에게 "나무가 마르고 잎이 떨어질 때는 어떻습니까?"라고 묻자, 운문선사는 "온몸이 가을바람을 맞게 되지"라고 답했다. 금풍(金風)이란, 서쪽에서 부는 찬바람, 곧 가을바람을 의미한다. 체로금풍은 실상을 군더더기 없이 직시하고 수용하는 선 정신이 잘 드러난 공안이다.

위 시의 1, 2연은 마치 이 공안의 질문과 답을 시적으로 풀어놓은 듯하고, 3연은 여기에 시인의 사유를 덧붙인 듯이 여겨진다. 이 사유는 '시간'과 '세계'에 대한 시인의 인식을 기반으로 하고 있다. 앞에서도 밝혔듯이, 시간은 무시무종하지만 세계는 성주괴공의 변화를 피하지 못한다. '얼마쯤 시간이 흐른 후에'라는 제목은 이러한 시간관, 세계관을 담고 있다고 할 수 있다.

시인은 「일일일야(一日一夜)」에서 "오, 우리가 이처럼 잠잘 때/ 우리의 봄꿈은 밤까지 그리고 다시 낮까지/ 꼬박 하루만 이어졌으면"이라고 노래한다. 진정한 행복을 일일일야의 봄꿈 속에만 찾을 수 있다는 것은, 현실의 시간이 그만큼 덧없고 고통스럽다는 것을 반증한다. 시인은 이 고통을 견디기 위해 운문선사의 체로금풍처럼 군더더기 없는 단순한 삶, 간소한 삶을 꿈꾼다.

마른 풀잎의
엷은 그림자를
보았다

간소한 선(線)

유리컵에
조르르
물 따르는 소리

일상적인 조용한
숨소리와
석양빛

가늘어져 살짝 뾰족한
그 끝
그 입가

그만해도 좋을
옛 생각들

단조롭게 세운 미래의 계획
저염식 식단

이 모든 것을
모사할 수 있다면

붓을 집어
빛이 그린 그대로
마른 풀잎의
엷은 그림자를
따라 그려보았다

　　　　　　　　　　—「어떤 모사」 전문

　시인의 감각과 정신이 원숙한 조화를 이룬 이 작품은, 마
치 한 폭의 세밀화를 그려내듯 섬세하게 구성되어 있다. 시
인은 마른 풀잎의 엷은 그림자에서 간소함과 단조로움의 미
학을 얻는다. 이 미학은 삶을 이처럼 살고 싶다는 욕망을 추
동한다. '모사'는 단순히 따라 그리는 것에 머물지 않고, 삶
의 태도와 정신의 차원으로까지·고양된다.
　이 작품 역시 앞에서 감상한 「연꽃」처럼 다채롭고 풍요로운
감각을 지니고 있다. 풀잎의 엷은 그림자는 "간소한 선(線)"
으로, "물 따르는 소리"로, "일상적인 조용한/ 숨소리와 석
양빛"으로 변주된다. 섬세한 리듬 속에 시각과 청각이 반복

되고, 촉각과 미각을 연상케 하는 이미지들이 더해지면서
삶의 태도와 정신적 차원에서의 간소함과 단조로움은 풍요
롭고 다채로운 감각의 내피를 입게 된다. 안팎이 원숙한 조
화를 이루게 된 것이다.

시「일륜월륜(日輪月輪)」이 이번 시집의 서두를 장식하고
있는 것은 상징적이다. 전혁림 화가의 그림에 부친 이 작품
은, 시인이 이번 시집에서 꿈꾼 세계, 숨결의 복원을 통해
닿고자 한 세계를 한눈에 보여주고 있기 때문이다.

아름다운 바퀴가 굴러가는 것을 보았네
내 고운 님의 맑은 눈 같았지
님의 가늘은 손가락에 끼워준 꽃반지 같았지
대지에서 부르던 어머니의 노래 같았지
아름다운 바퀴가 영원히 굴러가는 것을 보았네
꽃, 돌, 물, 산은 아름다운 바퀴라네
이 마음은 아름다운 바퀴라네
해와 달은 내 님의 하늘을 굴러가네
―「일륜월륜(日輪月輪)―전혁림의 그림에 부쳐」 전문

전혁림은 고향 통영에 머물며 통영 바다의 아름다움을 특
유의 코발트블루와 우리 전통의 오방색으로 표현해낸 화가
이다. 그의 그림은 전통과 모던이 어우러진 미적 감각을 뿜
어낸다. 전통적이면서도 모던하고, 모던하면서도 전통적인

화풍은 이번 시집에서 문태준이 보여준 세계와 닮아 있다.

시인은 전혁림이 그린, 같은 제목의 그림을 보고난 뒤 이 시를 쓴 것으로 보인다. 해와 달을 바퀴가 굴러가는 것에 비유한 '일륜월륜'이란 표현은 다분히 시적이면서도 불교적이다. 전혁림은 생전에 동향의 시인 김춘수, 유치환 등과 깊은 교류를 맺으며 서로 영향을 주고받았고, 그의 색채와 구도 중에는 절의 단청과 만다라에서 착안한 것들이 여럿 있다.

불교에서는 '일륜월륜'이란 표현처럼, 해와 달을 묶어 비유할 때가 많다. '일광보살 월광보살' '일면불 월면불' 등이 그것이다. 불교적 감성과 사유를 바탕으로 하고 있는 시인이, 전혁림의 그림 중에 이 작품에 매료된 것은 바로 이러한 성향이 닮았기 때문일 것이다.

시인은 아름다운 바퀴가 굴러가는 것을 보며 "내 고운 님의 맑은 눈" "님의 가늘은 손가락에 끼워준 꽃반지" "대지에서 부르던 어머니의 노래"를 떠올린다. 시인은 여기에 "꽃, 돌, 물, 산"과 "이 마음"을 더하여 "영원히 굴러가는", 불멸의 영원성을 부여한다. 꽃, 돌, 물, 산, 마음은 시인이 그려낸 오방색이라 할 수 있다.

시인이 아름다운 바퀴를 보며 불러내는 님, 어머니, 자연, 마음은 이번 시집에서 시인이 자주 호명한 대상들이다. 이들은 모두 원형(圓形)을 띠고 있다는 공통점이 있다. 시인이 즐겨 노래한 호수, 연못, 옹달샘, 연꽃 등도 예외가 아니다.

그러고 보니, 시인이 숨결의 교유와 사랑으로의 전이를 통해 그려내고자 하는 세계는 모두 원형으로 수렴된다. 시인이 그려낸 어린 아이의 숨결, 어머니의 숨결, 연인의 숨결은 모두 둥근 세계를 만들어 낸다. 알겠다. 시인이 왜 그토록 "당신의 호수에 무슨 끝이 있나요/ 내가 사모하는 일에 무슨 끝이 있나요/ 한 바퀴 또 두 바퀴"(「호수」)라고 노래하는지, "이만한 물항아리를 하나 놓아두려네/ 생활이 촉촉하고 그윽하도록"(「산중에 옹달샘이 하나 있어」)이라고 나직이 속삭이는지를. 나도 이제는 물항아리를 조심해서 안고 집으로 돌아가고 싶다.

문태준   1994년『문예중앙』신인문학상을 통해 등단했다. 시집으로『수런거리는 뒤란』『맨발』『가재미』『그늘의 발달』『먼 곳』『우리들의 마지막 얼굴』이 있다. 유심작품상, 미당문학상, 소월시문학상, 서정시학작품상, 애지문학상 등을 수상했다.

문학동네시인선 101
내가 사모하는 일에 무슨 끝이 있나요
ⓒ 문태준 2018

1판 1쇄 2018년 2월 10일
1판 11쇄 2022년 3월 18일

지은이 | 문태준
책임편집 | 김봉곤
편집 | 김민정 강윤정 김영수
디자인 | 수류산방(樹流山房) 본문 디자인 | 유현아
마케팅 | 정민호 이숙재 박보람 한민아 김혜연 이가을 안남영 김수현 정경주
　　　 이소정
브랜딩 | 함유지 함근아 김희숙 정승민
제작 | 강신은 김동욱 임현식
제작처 | 영신사

펴낸곳 | (주)문학동네
펴낸이 | 김소영
출판등록 | 1993년 10월 22일 제2003-000045호
주소 | 10881 경기도 파주시 회동길 210
전자우편 | editor@munhak.com
대표전화 | 031) 955-8888　팩스 | 031) 955-8855
문의전화 | 031) 955-8895(마케팅), 031) 955-1920(편집)
문학동네카페 | http://cafe.naver.com/mhdn
북클럽문학동네 | http://bookclubmunhak.com

ISBN 978-89-546-5017-5 03810

www.munhak.com

문학동네